문학과지성 시인선 272

검객의 칼끝

이영유 시집

문학과지성 시인선 272
검객의 칼끝

펴낸날/2003년 5월 12일

지은이 / 이영유
펴낸이 / 채호기
펴낸곳 / ㈜문학과지성사
등록번호 / 제10-918호(1993. 12. 16)

서울 마포구 서교동 363-12호 무원빌딩(121-838)
편집/ 338)7224~5 FAX 323)4180
영업/ 338)7222~3 FAX 338)7221
홈페이지/ www.moonji.com

ⓒ 이영유, 2003. Printed in Seoul, Korea
ISBN 89-320-1413-2

문학과지성 시인선 272

검객의 칼끝

이영유

2003

시인의 말

마당 한가운데 얼어 죽은 꽃들이 산더미처럼
쌓여 있다
얼어 죽은 꽃들의 몸에서는 아무런 향기도
나지 않는다
바람마저 얼어붙은 듯, 그런 시간들이
꽃들의 시체에는 지문처럼
오래 머물러 있다

2003년 5월
이영유

검객의 칼끝

차례

▨ 시인의 말

하늘은 높고 땅은 조금씩 늙어간다

하늘은 맑고 빨래는 깨끗했다

격에 맞게
서두르지 않고
눈치 보지 않고
모나지 않았으며
지붕은 고요해……,

창문은 생각들로 늘 어지러워

불을 켜자
어둠으로부터 한 생각쯤 뒤로 물러나
예사롭지 않은 소리
들린다
같이 있는 모든 것들 실은
언제나 저 혼자

웃음 소리 크고 작게
밤바람으로 휘몰려 다녀
어디선가 또 비명

울음 음울 울음

어느 세상 한 귀퉁이 다시 무너져내리는가?

지붕은 늘 그대로
모양도 늘 그대로
생각은 살아온 길만 추억하고

땅은 조금 조금씩
늙어간다

놀부밥

철없는 어른들이 철드는 아이들에게 던지는 미끼다
바삭바삭 엄지발꾸락 즉석불고기 통통하다
자갈치 고래밥 양파깡 옥수수깡 빼빼로 생긴 대로
마음먹어 모름지기 먹어도 먹어도 배부르지 않고
훗날, 또 주책바가지 그런 밥벌이에 인생을 걸 거다

長魚

장어를 뒤집자 어둠이 온다
그걸, 마구 씹으며 까맣게 구우며
논길 들길 늪지를 건너 구름을
몰아온다
온 다음에는 또
간다 그러면
생긴 대로 깊고
기다란 밤길은 그냥
천하
長江이 된다
어리숙한 뱃노래에 실려가는 장어의
下流行

이와 같다

오향장육

냄새가 없다
무어를 탐할 수 있을까 눈에
들어오는 대로 먹어치운다
악어와 같은, 악어의 주둥이를 늘어뜨리고 막연하게
똥을 눈다
저 눈부신 족발의 상승!

기린 대가리를 늘이고 늘여 기차를 만들어
서늘해지는 大陸의 끝 부근에 강제 착륙, 참으로
오랜만의 긴 휴식이 내 生業의 끝에 대롱대롱 매달려
長江大河를 넘나드는
폐업한
劍客의 칼끝에 어려 있다

저 산등성이를 소리 없이 넘나드는 누렁 돼지들을 보라
그들의 소대가리 국밥 같은
오래된 냄새를 들어라

무릇, 생명 있는 모든 것들
活命樹 그늘 아래 오붓할지니

자다 말고
오줌보가
터질 것 같아
비몽사몽간에
방문을 열고
마루를 지나
앞도 안 보고
신발을 신는 둥
마는 둥
뒤도 안 돌아보고
마당을 질러
나무를 끼고 돌아
변소를 가다
똥을 밟다
자다
말고……,

젠장!

꿈을 그렇게 꾼 건지

생시에 그랬는지
도무지 알 수가 없다

生生

기본적으로 웃음이란
김새는 소리
(이다)

웃길 때 웃지 않거나, 웃지 못하면
김새는 일
(이다)

화날 일에 웃거나, 웃기려 하면
김새는 일
(이다)

웃기는 일을 팔아 밥을 먹거나
그걸로 밥을 못 먹는 일은
그것만으로도 웃기는 일
(이다)

하여, 김이 새는 일이란
그것만으로도
생생

(하다)

목소리만 팔아먹고 사는 창녀

사일구가 가고 오일륙이 왔다 또 오일칠이
오고 오일팔 오일구 이렇게 순서 지켜가며
지나고 나면 역사의 문이 열리는 그런 숫자놀음에
허망과 희망이 같이 있을 거라고 잔머리를 굴렸다
육이오나 칠일칠 팔일오 이런 것도 자꾸 묵은
달력을 찢고 지저분한 얼굴에 손도 안 씻고
몸뚱이를 들이밀었지만
아, 꿈이란 얼마나 현실과 몽상 사이를 헤매는 오락
인가?

한마디로 무시해도 좋을 욕정 아니겠는가?

십일이나 십삼 십구 십이십이 얼마나 조동아리
굴리기가 거북한 역사들인가. 그리고 보면
조동이 굴리기에 적합하지 못하면 숫자적 역사의
반열에 끼기 힘든 것이 우리 현대사의 전모인즉!

한마디로 무시해도 좋을 한글과 아라비아 숫자
그 지독한 리얼리티에 속아
거친 폭력성은

진달래꽃 지는 것을 보고도
(시비시비)
그런다

쓰고 버린,
쓸모가 없다는 게, 한 시절
또 얼마나 큰 道談이었느냐 말이다
非詩非詩

樂天

땅을 아시나요
하늘을 보셨던가요

밝은 대낮에 이처럼 기름진
불을 보았는지
술잔을 들다 말고
탁!
엎으니 거기서 쏟아지는 三千宮女
내 썩은 피를 먹고 자란
딸들

극락왕생이 어디쯤……?

麻浦 새우젓길, 뱃길을 따라

여의도 지나 마포대교 건너, 고향으로
가는 길
불교방송 건너편 옛 마포 길
명성 되살아나게 하는 새우젓거리쯤
드문 사람들의 발길을 지우는 사이
문득
古生代의 나뭇잎 하나
발 앞에 떨어진다

대농 건물과 신화건설 건물 양 옆에 두고
고향 찾아
가는 길
추억 어린 시절 한꺼번에 되살아나
엄마 따라 마포 강변에 빨래하러 가던 길
불쑥 눈앞에 나타난다

아마 의적이 다시 살아 온다면
홍길동이나 임꺽정이 아니라
퇴근해서 蘇萊 부근 집으로 돌아가야 하는
古生代의 가랑잎들일 거야

늘
불쑥 치켜올리는 손들의 함성
化石이야!

나 살던 집 그리운 집 뒤의 집 오래된

나 살던 집 그리운 집 뒤의 집
시절 잊은 감나무 오래도록 서 있고
언제부터 그곳에 있었는지 몰라
할아버지도 아버지도 그 감나무 감을
따 먹었다던 나 살던 집 그리운 집 뒤의
어두운 집 오래도록 감의 맛
겨울로 가는 추운 시절의 맛
오래도록 잊었던 나 살던 집 그리운 집 옛집
찾아가는 길 이제 일가붙이 친척들
모두 떠나 낯선 이 되어 어둡고 긴 골목 들어서니
나 살던 집 그리운 집 뒤의 집

누군가
누구인가
저만치에서 어서 오라고 손을 흔드는 아이
그리운 집 뒤의 집 골목에서
삼십 년도 더 전의 나를, 그 꼬마를
다시 만난다
나 살던 집 그리운 집 뒤의 집

아주 오래된 이야기를 기억하는
남루한
세월의 문을 열고
들어오는
　　　　집
　　　집집
　　集集集
　　　집집
　　　　집

나쁜 길

상당히 오래전 내 아버지의 아버지가 마포 나루에서 장작 장사하던 시절 청년은 나이를 먹어 노인네가 되었고 모든 것을 알고 모든 것을 잃었던 일

아버지가 살고 아버지의 아버지가 살았던 삼개 도화동에 5·16 군사혁명 후 아파트가 처음 설 때 아스팔트 깔린 까만 길을 걷고 내가 좋아서 날뛰니 아버지가 그러신다. 길을 모두 덮으면 땅이 숨을 못 쉴 텐데 아닌 게 아니라 그 후 땅 위를 기는 지렁이도 보기 힘들어지고 도화동의 도화는 이미 아버지의 아버지 어린 시절에도 이름만 남았다고 쓸모없이 사람 살 궁리만 하는 게 나쁜 길 아니냐고 혼자 말씀처럼 하시던 아버지는 강 건너 밤섬 넘어 얼음 뜨던 마포 강 뒤로하고 저승 가신 지 오래 할 일 없는 아들은 우두커니 그 시절 얘기를 다시 나 어린 아들을 불러놓고 글짓기로 대신한다

나쁜 길은 사람들이 다니는 길이 아니겠느냐고……

오징어 씹다
─ 열은 많고 아홉은 적다던 노점상 여자

후미진 땅 스치는 中空
오층 아파트 오층 베란다에서 오징어 씹다
먹물의 그늘
그늘그늘 오징어 씹다
오징어 씹으며 巨津 보름달 앞바다
모처럼 짬 낸 오징어 다섯 마리
베란다에서 바다를 퍼올리는 깊이
간성이냐 거진이냐
별안간 오징어 바다
잘도 씹다

밤바다 모두
오징어 항문 속으로 들어갔나

세상의 모든 바람난 오징어 마누라들
'씹는 자 씹는 희망 알까?'
무릇 그렇게 씹을 것 찾는 이빨
(오징어 씹다 그늘그늘)
별안간, 떠오르는 바다

十多十多 그들그들
또 씹!
(입만 씹——)

취한 물줄기

슬픈 코에 대한 슬픈 회상
── 후쿠오카에 갔다가 조선의 코를 만난 이야기

코가 얼굴 한가운데에 자리 잡고 있다는 것 자체가 조물주의 심상찮은 의도일 텐데 모든 코 가진 짐승들이 아직 그걸 헤아리지 못하는 데서 오는 不協和, 불화

대저, 코는 섬이다
발 달린 뱀이며
혀를 가진 꽃이다
人工의 性器이다

임진왜란 이후 조선의 코들은 급격한 자리 이동을 시도하는데 코의 理想鄕이 뒤통수였다 빤빤한 맨얼굴 中央에 대책 없이 노출되어 온갖 역사의 시달림에 진저리 친바 아 안 되겠다 이젠 이 지겨운 풍찬노숙으로부터 망명길에 오르자 안 되면 최소한 피신이라도 하자. 그래서 머리수풀 그득한 뒤통수를 그리워하게 된바 따뜻해서 좋고 코를 숨길 수 있어서 더더욱 좋았는데

대저, 코는 국경이다
사막 지나 뱀 달린 꽃들이 춤을 추고
초승달 실은 바다이다

일본 열도 한가운데 우뚝 솟은 코의 무덤 코들의 시위
아직도 콧물을 흘리는 朝鮮의 오래된 무덤들 후쿠오카
까지 이어져 있다 거기 삼개 사람들 조상의 코들도 아직
있을지……

그러한 고로 참으로 그러한 고로

나는 모자다
나는 생각할 줄 아는 머리를 가진
모자
나의 머리는
나의 모자다
모자는 머리 위에 있고
머리는 모자 아래 있는. 생각 있는
모자며 머리이다

나는 머리다
머리는 모자 아래서만 머리이고
모자 위에 머리는 없다
모든 생각 있는 모자는 머리 위에서
평화롭고 행복하다 참으로

모자와 머리가 따로 있을 때
생각하는 모자는 머리를 찾아간다
생각하는 모자는 비로소 머리 없음을
사랑한다 참으로
후회 없는 머리며 모자다

나의 모자는
나의 머리다
위와 아래는 같고 또 다르다

삼개, 마포 사람들의 사는 내력

시방, 서강대학 후문과 숭문학교 사이에 찻길이 생겨 노고산 맥이 끊겼지만 한 십수 년 전만 해도 마포 강변 동네에서 바라보면 노고산은 어머니의 큰 품이었다 삼개 사람들은 朝鮮 적 그 훨씬 전부터 노고산과 와우산을 의지하고 따뜻하게 살았는데 일제가 들어오고 남북이 갈리고 전쟁을 치르는 동안 산신령들 중 반쯤은 월북했거나 이민을 간 것 같고 박정희가 집권한 군사혁명 후에는 일자리 찾아 전국 각처로 흩어져 요즘은 그나마 남아 있던 신령들조차 눈에 잘 띄지 않는다

시방, 토종 삼개 신령들은 눈을 씻고 봐도 찾기 어려운데 한때는 경상도 신령들 객담이 판을 치고 조금 지나니 호남 말씨의 신령들이 활개를 치는가 싶더니 요즘은 정체불명의 신령들이 朝鮮 적 그 이전부터 내려온 삼개 사람들의 터에 횡행한다

입동 지나, 문안차 어머니 댁에 갔더니 뜰 안 감나무 붉은 감 두어 개가 수상하게 떠 있다

봄날, 뒤의 봄날

빨리 마시고
빨리 취하고
빨리 깨는
술, 없느냐

빨리 마시고
빨리 취하고
빨리 깨는
세월 노략질하다
뻣뻣하게, 두 다리 펴고
저승길 접어드는데

들꽃들 환하게 웃는
사이사이

소리도 없이 간다

집더미만 한 파도
산더미 같은 몸짓
고구마가 머리 내민다, 덜컹
고구마 자른다
날이 선 칼
모든, 날이 선 칼
다시, 고구마 자른다
무 자르듯. 싹둑
고구마 자른다
집더미만큼 파도 키운다
산더미 같은 울분, 쓱싹
고구마 머리 흔든다
얼쑤, 고구마를 내리친다
머리 잘린다
고구마 몸통뿐이다
이번에는 감자
감자도 자른다 내리친다 으랏찻차!
부서지고 부서져서 모래 알갱이
같은, 산더미
감자나 또, 고구마나

자른다
집더미만큼 산더미만큼, 싹둑

(말의 길
 놀이와 신음
 말과 글의
 끝장
 활짝……!)

초겨울 밝은 달

늦은 비, 홀로 젖는 겨울
익숙한 몸을 떠난다
낯선 시간의 그림자와 복면들……,

오래전 松嶽을 떠난, 한 대
화살의 소리
멀리 南方에서
다시 듣는다

대단한 밥 아니면 죽, 너

대단한
우유부단
대단히 먹다 대단한
밥이다 맴돌고 또 돌아 저녁에
도착, 밥이 기다리고 있다 대단한

너의 日常이 거기 암말도 하지 않고
무언가 그림을 그리고 있다 都市의 오후
햇빛이 그걸 지키고
아무도 떠날 생각 하지 못하는
싱숭생숭한 음악

아빠, 약속하고 도장 찍고 사인하고 복사!
아파트 베란다에 앉아 나는 딸과
손바닥 밀이에 정신 팔려
세상은 파토 내듯
밥 아니면
죽, 실로
대단

밤 깊은 마포종점

봄 방학 한 아들놈 데리고 蘇萊를 간다
난장에는 뜬소문들 무수히 횡행
난전에는 광어가 판을 치고 도다리가 우럭의 꼬리를
물고
할 일 없는 멍게들 대낮부터 새빨개지도록
취해, 소문도 시들하여 저녁으로 갈 무렵
蘇萊에 蘇萊는 없고
밤 깊은 마포종점 부근의 集魚燈들이
내 어려운 눈알을 때린다, 때리고 찌르며
은방울자매의 묵은 노래가 귀를 멍멍하게 한다.
초고추장 없으면 된장이라도 이리 줘
아들과 나는 스멀스멀 상해가기 시작하는
준치와 병어를 한 손에 쥐고 점점 밤 깊어가는
마포종점 길에 뜬다
蘇萊에 밤 깊어 세상의 모든 아이들 어둠 속으로 쫓기
는데
뒤따라오던 아들놈이 자꾸 이런 소리를 해댄다

(멍게들 참 걱정이네……!)

군살

모두들 퇴근, 형광등 불빛만
가득
점심으로 때운 ―金 사천 냥 순댓국 모두 위장으로 들
어가고
그릇 가득 허기
5호선 전철 출근 때 빽빽했던 승객들 퇴근 때도 똑같
았고
새벽이 되어서야 동차는 어둠으로 가득
불빛은 도처에서 비춰야 할 것들 비추고, 황망하고
텅 빈 것들은 비어야 할 것들 위해
몸 바치고
몸 때우고
몸 버린다

저, 지독한 풍랑……

눌은밥이 넘친다!

마침내 기울기 시작하는
장엄한

밥상

아버지 죽은 자리
—6·25 이후에도 오래도록 살아 있던 이야기들

정체 불명이기는 마찬가지다 서울의 변방 삼개에 저녁이 오고 붉은 노을 당인리 하늘쯤 물들일 때 부역 갔던 집집의 아버지들 떼죽음 당했다는 소식 밤 달려 동네에 들어왔다

새벽이 오자 흉흉하던 소문 한 집 건너 또 한 집 사실로 드러났고 떼죽음 찾아 나선 아낙들 빨랫짐을 한 짐씩 이고 지고 밤섬 너머 샛강에 노을 들 무렵 황천길 합창하듯 짐을 풀고 어떤 아낙은 여기가 어딘 줄 알고 여기까지 쫓아왔느냐 경을 치고 또 어떤 이는 내 남편 돌려달라 울부짖기만 하고 좌우간 세상 아낙네들 삼개 강나루에 모두 모였다는데 한평생이 지나고도 알 수 없는 건 그 아버지들의 행방이야 소문은 세월 따라 옛이야기 속으로 가고 술 취한 멍게들은 대책 없이 붉은 코 혀를 낼름거리고 그런 역사의 빈자리 바람 죽은 지도 오래다

집으로 가는 길은 멀다

집으로 가는 길은 멀다
다리를 건너고 개울과 냇가의 잔물결들을 따라
집으로 가는 길은 멀다
건물과 건물 사이 건널목을 돌아 위험과
非常이 시한폭탄처럼 또는
지뢰처럼 복면을 하고 숨어 있는 골목을 건너
집으로 가는 길은 멀다
세상 모든 길들이 지워지고
세상 모든 신호가 자취 감춘 곳
세상 모든 그림자가 씻은 듯 사라지고
홀로, 집으로 가는 길은 멀다
눈을 뜨고 가물가물 뜬눈으로 몰려오는 세상과
위험 수위의 알 수 없는 표시들, 그것들을 밝게 해주는
붉은 불빛들
거리를 지나 번잡을 지나 유령처럼 일어서는
불빛들을 지나, 골목과
뒷길과 한길을 넘어, 무한정 찾아가는 길
집으로 가는 길은 멀다
집으로 가는 길은 머지않아 사라질 것이다

삼개에 내리는 진눈깨비

내 日常의
날과 달이 점점 기억 멀리
사라져간다

객지로 떠돈 삼십 년 넘는 세월 모두
정리하고, 고향
삼개에 돌아온 날, 설은 저녁을 먹고
아들 데리고 망가진 고향의 구석구석
기억을 살려가며 내 어린 시절
모두 부른다

무엇 하나 자랑할 만한 것 없는 아비의 이야기지만
나 어린 아들은 골똘히
아비의 추억에 귀 기울인다
남루한 실업의 오랜 날들 北風에 잦아

언젠가,
밤늦도록 돌아오시지 않는 아버지를
마중 나간
그때처럼, 진눈깨비는 고향 잃은 자의

고향에 하염없이 내리고
곰삭은 동치미 국물 같은
세월의 등성이를 따라, 문득
밤 깊은 진눈깨비의 골목 저쪽 끝에서
아버지가 손짓을 하고 있었다

아주 오래된 이야기 속에 나오는
문풍지들이 진눈깨비의 바람을 맞으며, 밤은
설은 어둠으로 간다

1997년 12월 3일 서울

남루,
몇 장
양지 바른 곳, 얼굴 들고
사진 몇 장
찍히고
언제 줄래?
담에 만날 때……
빛 바랜 달력
몇 장
초겨울 안개 속에 가물가물 日出이
보이지만
누구도 장담 못 해. 웃기지 말라고
말해
기억 속에 남을 건, 다시
남루,
몇 장
나, 여기 있다고 누가 물어?

초겨울 나뭇가지에서 떨어지는, 구겨진
또는 빛 바랜 기억

몇 장

사라져버리는, 점점이 즐거운
새벽 까치 떼들은……

새해에는 까치 떼가 온다
일 년 동안 길 잃은 까치 떼가 하늘에서
땅에서 잃은 것들 모두 잊고
새해에는 까치 떼가 온다
한 살 더 먹은 거 섭섭하여
허전하며
잃어야 할 것들
모두 버리고 힘찬 날갯짓
아파트 옥상의 피뢰침 주위를 맴돌고
어두운 기억의 언저리를 모두 씻어내고
앙상한 겨울나무의 햇빛 섬뜩한 영광을 씻어내고
아. 먼동이 터오고 해가
해가, 솟아오른다
새날의 해가 솟아오른다
새날의 해가 솟아오르자
어제는 밤의 어두운 추억만 남아
모두 잊고 싶어
모두 버리고 싶어
왜 밤은 그렇게 캄캄했는지 몰라
세상은 조용하기만 한데

쥐 죽은 듯 조용하기만 한데
식욕에 온 내장들이 요동치는, 모든 뼈들이
쉼 없이 흔들거리는
한 무리의 새해 까치 떼, 캄캄하게 울어대던
기억의 어두움
식욕으로 탐욕으로 온갖 날갯짓 힘껏 부풀려
줄지어 떼지어
일출을 향해 점점이 사라진다
사라져버리고 만다

볕 드는 삼개에 봄이 오는 날

서양 신부들 몇 사람 와서 여기저기
둘러보고 측량하고
벌겋게 등짝을 드러낸 산등성이
노고산 한 자락이 살을 내준 자리
서강대학이 서고
봄볕은 그해 봄, 좀 추운 골목을 피해 大學과 함께
왔다

어린 나무들은 어린 나무들끼리
제자리에서 손짓으로만 떠들고
얼마 후 4·19 혁명이 나고
학생들이 떼로 맞아 죽었다는 소리
殘雪처럼 이른 봄에는 살아나
눈 뜬 갈매기 몇, 눈먼 듯 삼개의 강가에 나타나고
우리들 조무래기들은 당인리 발전소 밑으로
새알 주우러 가자고 소리쳤으니!

시방, 하루가 다르게 사라지는 蘇萊 물목
철교 위에 서니 문득 내 고향 삼개를 찾아든
대학을 만든

서양 신부 같은 갈매기들이 머리 위를 스친다

봄볕은 모두를 쓰러뜨리고, 세상은 그때나 지금이나
野談으로만 남았을 뿐
삼개에 봄이 오는 날
벌써 소문은 저만치 자기들끼리 몰려가버린다

非保護右回轉, 또야!

통행 금지 있던 시절. 저 維新의 옛날
지독히도 깊었던 밤이 오면 시내에서 얼른
술 마시고 오던 醉漢들 비로소 공덕동 도화동 부근
뭇, 최대포집들 진을 친 곳에 퍼더버리고 앉아 술 타령
똥 타령으로 통행 금지를 기다리던 시절
비로소, 땡 열두시가 지나야 통행이 금지된 밤거리를
마음놓고 갈지자로 헤맬 수 있었나니, 이게
고향 좋다는 거 아닌가
밤배 그득 오줌발이
강물처럼 흘러도, 어이어이 거기 고만 하고
들어들 가슈. 검문하던 순경들도 그만큼 넉넉하여
괘종시계가 없어도 밤 열두시만 되면 마음속으로
땡, 종을 치던 취한들
졸듯 꿈꾸듯 하품하던 주모들도 파는지 마는지
장사야 되거나 말거나, 문 열어야 내가 이 집 주모니까
빛 바랜 屋號를 지키며 술 팔던 삼개의 최대포집들
이제, 그 아들이나 딸들이 예전 방식 다 바꾸고
원조 최대포집, 더 원조 최대포집, 진짜
원조 최대포집 더 진짜 진짜 원원조
삼개 대포집 주인들은 성이 김가나

이가라도 자동으로 최가가 되는 최대포집
통행 금지 있던 시절, 삼선 개헌 유신으로
연탄 화덕 위에서 살을 태우는 돼지고기들이
기세 등등하던 호시절
이제 밤 열두시가 되어도
마음속으로 땡, 하는 소리 들려오지 않아도
자동으로 구워지는 세상 자동으로 익어가는 밤 자동
으로
모든 속도를 맞춰놓고, 밤은 지독히도 빠르게 달려간다
維新의 옛 마당으로

마을의 자살

"한 번 만난 사람을 다시 만날 시간이 어디 있어
열심히 새 사람 찾아다녀야지"

삼개에서 대한민국 집이라면 모르는 이 없던
쭈그리 아저씨가 생전 맑은 정신일 때 늘 하던
말이었지 그러나 술 취하면 대한민국으로 시작해서
대한민국으로 끝나는 주정은 이제 삼개 인근에
명물이 되어 많은 조무래기 청중들의 인기를 끌었고
나이 든 아저씨들도 대한민국으로 시작되는 주정에
싫다 않고 참석하는데, 순전히 그 재미에 어떤 여름날
저녁에는 동네 아저씨들이 쭈그리 아저씨
술 받아주느라 동네가 한바탕 시끌바끌 했었지
쭈그리 아저씨 주정은 한 번도
똑같은 내용이 없다는 데에 아저씨의 유식이 과시되
었고
더러는 주정을 진짜처럼 받아들이는 이들도 있었지
나로 말하면 쭈그리 아저씨의 단골 청중으로
공부하다가도 에, 대한민국이 시작되는 사자후가
쏟아지면, 쏜살같이 뛰어나가 늘 청중의 맨 앞에 자리
했지

한번은 퇴근하던 아버지에게 발각되어
집에 끌려오는데 아버지가 그러시데, 저 사람도 6·25
전에는 멀쩡했던 사람이야 농사도 크게 했구 자꾸
따라다니며 놀리지 마, 그런데
그날따라 혼자 독작하시던 아버지는 급기야 대취 만
취하셨는데
잠결 꿈길에 나는 에, 대한민국…… 소릴 또 들었지
소리의 주인공이 쭈그리 아저씨인지 아버지인지 구별
은 가지 않았고
나는 그냥 잠길로, 꿈길로 내일로 모름지기 달려갔지

"한 번 만난 사람을 다시 만날 시간이 어디 있어
열심히 새 사람 찾아다녀야지"
삼십 년은 족히 지난 어느 날
쭈그리 아저씨도 아버지도 안 계신 세상
나 혼자 술을 마시는데 하늘의 소리처럼 손에 든 술
잔을
때리더라구, 문득
나 혼자 마신 술로 대취한 것 같기는 한데
에. 대한민국은……, 하고 악을 썼는지 안 썼는지는

나는
　알지 못하겠어
　내 아들이 꿈길에서 그 소릴 들었을지 못 들었을지 그
것도
　나는 모르겠어

住民稅

새벽닭 울음 소리에 잠 깨시다

夜半, 천둥 번개가 우르릉거리는 도시의 밤하늘을
가르고 들려오는 닭의 울음, 人間이여
이제 일어들 나시게, 새벽이 왔네
조금 있으면 아침이 될 걸세
해가 뜨면 나를 잡으러 와야 하지 않겠나
닭도리탕, 켄터키 프라이드 치킨, 영계백숙, 삼계탕
그게 어디 천둥 번개처럼 공짜로 하늘에서 떨어지던가
일어나셨는가
내 울음 듣고 일어들 나셨는가
내 울음 소리 오늘은 어떻던가
들을 만하셨던가
참, 말로 할 말은 아니네만 나이를 먹으며 점점 울기가
힘이 드네
날, 잡아보시게
실컷 울어드릴 테니

江

지겨워라
여름 江
어디로 흘러갈까

겨울에는
얼음으로 살아나고
흔적 없는
세월 향해 흐를 텐데

지겨워라
그 무수한
살 떨림
몸 바꿈
이름 없음
더욱,

가엾어라

낙엽, 이전

바삭 아주 바삭
으사삭, 소리가 나도록 끌어안는
껍질과 알몸의 亂舞
조그만 나무 구멍을 통해
썩은 살들을 헤쳐내고, 속을
들여다보니 올망졸망한
조약돌들이 하나 가득 모여
한 세상을 이루어
살고 있었습니다
참, 아름답게
살고
있었습니다

불쌍한 歲寒圖

온 산하가 흰 눈으로 덮인
달밤
누렁이 홀로 어둠 향해
짖어대다
컹컹

바람 한 점 없는 차가운
空中

낙엽, 이후

無心히 발 아래로 떨어지는 가을 낙엽
올려다보니 나뭇가지 끝 앙상한
하늘
唯心히 바람에
휩쓸리는 낙엽 주워
집으로 돌아온다
많이도 시달렸구나
눈만 흘겨도 와사삭 무너져내릴 것 같은
저녁
두고 온 발자국들의
아우성

내년에는……,

나는 오직, 너는 아직

큰 빵을 먹고 싶다
아주 큰 빵을 먹고 싶다
아주아주 큰 빵 속에 들어가 살고 싶다

빵집 앞을 지나다니다 보면 별의별 떡 같은 생각이 다
난다

처음 가는 길, 體驗
──연극 되풀이하기, 그런 安樂한 인심들

옥천군 청산면 효목리
능성 구씨
마을에 가다

결실이 골짜구니 山野
벌판
그득하다
일 년 내 빛나던
光明, 새벽 물안개로 다른 세상 만들어
능성도
구씨도
마을도
산대추나무
씨알로
꼭꼭 숨다

툭, 불거진
겨울로
가는
오후의 시린

햇살
슬며시
구부러진다

어떤, 길 위에서의 회상

길을 가다가 갑자기 설사가 난다
대개, 설사는 예고가 없다
그것 보라는 듯
낭패가 그런 거 아니겠느냐는 듯
설사는 때가 없다

길을 가다가 똥을 발견한다
아마, 누군가 급한 김에 누었을 거라고
생각하며, 뒤를 돌아본다
하필, 차도와 인도 경계석 사이에 오붓하게
싸놨을까? ── 솜씨가 있군

길을 가다가 똥을 만나는 일은 기분
나쁘지도 불쾌하지도
않다
그냥, 처량할 뿐이다

한 달 전쯤 만난
똥을 다시 발견한다
누구도 치우지 않고

치울 필요도 없다
똥은 그 자리에서 한 달 넘게 얼었다
녹았다를 반복하며
밤과 낮과, 그것들의 바람을 견디며
化石이 되어가고 있다
솜씨가, 좋군 ──

인간이 뿌린 것을 自然이 거두면서
똥은 어느새 제 색깔을 버리고
까맣게 새까맣게 말라버린다
거기에, 설사의 흔적은 보이지 않는다

나들이 가는 길에 만난, 나라

어제부터 내내 귓속이 윙윙 울린다
날이 흐린 것이다

잠에서 일어나니 세상 모든 골목과 샛길들, 씻은 듯
사라지고 없다
날이 흐린 것이다

집을 나서며, 모든 사라진 길들의 기억을 더듬어
일터에 도착하자
한 떼의 무리들이 火賊처럼 신발을 바꿔 신으며
큰 소리로 노래를 한다
날이 흐린 것이다

하루 온종일 사라진 골목들과
무리들이 떼지어 달아난 샛길들을
짜 맞추고 깁고 彩色을 하는 동안에도
깃발들은 종류가 다른 忘却과 陰謀로
새롭게 나타나다가는 또 씻은 듯 자취를 감춘다
이 모든 게 순식간이다, 바로 죽음이야!
날이 흐린 것이다

일을 끝내고 돌아오는 길에 만난
무자비한 참패와 絶望과 분노 사이에
실핏줄 같은 샛길과 골목들이, 웅크리고 있는 모습
갑자기 나타났다가 사라진다, 홀연
날이 흐린 것이다

누군가, 희망을 잃으면 안 된다고 고래고래 악쓰듯
노래하는 사이로
소풍을 마친 아이들이 떼지어 깔깔거리며
노래 한 구절씩을 돌려 부르며 사라진다
날이 흐린 것이다

時間이 너를 불러 이름을 주고

時間이, 쉼표를 부른다
이제는 오지 말라고

인사동에 나갔다
학고재에 들러 그림들과 이야기 나누고
학교종이 땡땡땡에 가서
교실 문을 방그죽
오늘따라 녹차 한 잔이 그토록
씁다

주인 없는 집에 손님들만 그득
時間이, 쉼표를 부른다
아무도 나와보지 않는다
아무도 문 열지 않는다

그토록 쓰디쓴 세월이었는지……

朱安驛, 남쪽

푸른 나무들 갈등도 없이 숲을 헤맨다
한 사람씩 나무 속으로 들어가서
나무의 육신이 되고
나무의 영혼이 되고
뿌리로부터 머리까지
난 늘 속았어
봐! 넌 빈 껍데기야
알몸이 없잖아

나무들이 줄 서서 열을 지어
밑도 없고 끝도 없는, 줄달음치는 계단
地上의 전철을 향하여
마음놓고 지하의 계단을 밟는
껍질들 때 낀 옷소매의 펄럭거림
시달림
잘 잡아, 놓치면 다시 햇빛을 못 보게 될 거야
팔을 잘 잡아
손을 잘 잡아
손가락을 너무 꼭 누르지 말아
넌 늘 속을 거야

한 사람씩 한 사람씩 지워지고 있어
푸른 나무들

간장은 진하다

장독대에 올라가 놀다
옥수수엿을 한입 가득
온 얼굴 구겨가며 엿을 녹이는
간장 독 깊숙이 어울리며 흔들리는
얼굴
고추잠자리도 잠깐 장독대 위를
맴돌다
잠자리의 길로 떠나고
바람이 부는 듯도 했다
뒷동산 느티나무를 울어대던
매미들도 잠들었는지
다시 바람 두어 점 살짝
어머니가 독 뚜껑 하나를 들고
장독대를 내려가신다
한여름 내내 고역이었다
햇빛이 쨍쨍 내리쬘 땐
나뭇잎 하나 흔들리지 않는다
엿을, 옥수수엿을 한입 가득 구겨넣고
먼 風波처럼 흔들어대는
간장 독 위, 고추잠자리 위, 비행기 위,

虛空이 잘린 반쯤 남은, 저 아래
새카만 地上!

그 교회 건물

그 교회 건물 지상에 있었다 그 교회 건물 교회로 가는 지하 층계 위에서 신부들이 축구공을 갖고 논다 아이들이 축구공을 갖고 하늘로 띄웠다가 떨어지면 또 띄운다

목사가 동그란 공들 —— 이를테면 탁구공 배구공 골프공 송구공 야구공 정구공 크기가 각각 다른, 색깔이 각각 다른, 생각이 각각 다른 공들을 큰 공이 될 때까지 바람을 집어넣고 입김을 불어넣고, 그 교회 건물 앞을 지나다니는 모든 차들, 사람들, 인류가 미구에 지구만 한 커다란 공을 또 만들 거야 만들고 말 거야

모든 공들은 동그란 꿈을 꾼다 동그란 원 안에서 각도와 선과 면과 부피를 꿈꾼다 그 교회 건물 지상에서 지하로 통하는, 지하에서 위로 솟아오르는 모든 믿음의 꿈들 참으로, 지구는 둥글다 멀리멀리 지구를 지구 밖으로 차낸다

처음 가는 길, 剽竊

　귀를 자꾸 잡아 올리다 보니 나중에는 내 귀가 개 귀처럼 자랐다 귀를 잡아 올리면 온몸이 따라 오르는 神奇! 잡혀 올려진 내 귀는 자꾸자꾸 자라 토끼 귀와 흡사하게 될 무렵 나는 세상에서 가장 높은 귀를 가진 사람이 되었다 이젠 어디에서도 예전의 내 귀는 찾을 수 없었다 그것은 오직 나의 과거일 뿐! 나는 가끔씩 예전의 내 귀가 생각났지만 그건 마음뿐, 나는 다시 돌아갈 수가 없었다 나는 영영 돌아갈 수 없는 먼 길을 나 혼자 간 것이다

처음 가는 길, 模倣

누구 저렇게 홀로
방을 지키는가
휘파람 불며 불을 지키는가
선명한 어제가
홀로 오늘을 지키던가
누구 저렇게 홀로 감기를 지키는가
방을 밝히는가
내일은
어디로 갈 것인가
불은 어디 있는가

낮술, 새벽

밖에 나갈 일 없다는 아내를 구슬리고 윽박질러 어디 갈 일 없느냐 누구 만날 일 없느냐 괜한 선심을 쓰듯 아까운 선심을 물 쓰듯 마구 마구마구, 정 나갈 일 없으면 시장이라도 다녀오라고 기어코 등 떠밀어 마누라를 내보내놓고, 아 이젠 됐다 아이들은 학교로, 집사람은 시장으로, 이제 나만 집사람이 되었다 홀로 있는 집에 홀로 있는 내가 홀로 신난다 즐겁게 냉장고에서 먹다 남은 김치 그릇과 소시지 쪼가리를 꺼내놓고 낮소주, 낮에 마시는 소주 ─ 낮에만 마시는 소주 반 병쯤 남은 걸 홀로 된 집과 내가 마주 서서 마시기 시작한다 얼마쯤 지났을까 집은 나에게 나가라고 시비하고 나는 집에게 사라지라고 시비하고 아까운 소주가 떨어질 때쯤, 또 새벽을 위하여 눈을 감는다 초인종 소리가 들릴 때까지만이다, 어서 서둘러 ─ 매일 서두르기만 한다

처음 가는 길, 別篇

축대 아래를 그림자처럼 가는 사나이
흔들리는 그림자를 축대처럼 따라가는 가로수, 키가
작다 크다 —— 인적 끊긴 보도 —— 사나이의 눈이
노리는 축대 위의 아파트 그림자처럼 흔들려
모든 물먹은 세상의 집들, 하품들
(너무 취할 때는 길을 가는 게 아니다)

축대 위를 홀로 기울고 일어서고 늘어났다
줄었다 그림자 쫓아가는 몸 큰 은행나무 부피가
가로수 자리의 가로를 휘젓는다 너무
늦었다 손수건에 묻어온 희희낙락
어깨에 멘 상의가 그림자로 물먹고 일어선다
—— 차적까지 끊긴 밤길 —— 생활이야 암만
농땡이로 후려쳐도 어디까지나 살아야 하는 일이니까
속 보이지 마(너무 취할 때는 흔들리는 게 아니다)
모든 아파트들은 서로 등을 돌리고 있거나 배를 맞추고
있으니까

재방송

하루살이가 꼭 하루만 사는 건 아니다
이틀 사는 놈도 있고
하루도 못 채우고 죽는 놈들도 있다
더러는 비행 중 공중 충돌로 비명횡사하는 놈들도
가끔씩은 있을 듯

하루살이의 생명은 하루에 있듯이
통 큰 하루가 온 세상이듯이
동물의 왕국 재방송을 줄창 쳐다봐도
끝내 하루살이는 등장하지 않는다
늘 그렇다고

일요일 하루만이라도 하루살이가
딴 세상 사는 걸 보고 싶다

참말로, 올 데까지 다 온
더는 날 하늘이 없을 듯한
지겨운 비행이 끝나는데

이쯤 해서는 사는 일을 이야기해야 하는 거 아닌

가⋯⋯?

양파

소주를 병 반 마실 때마다
올라오는 양파
주인은 포기하고 손님도 포기한
주안상은 쓰러지는 빈 병들만큼
벗기고 남은, 짓밟고 간 다마네기가
무 밭처럼 부풀어오른다
그랬구나 배추였구나
미안하다 탕수육아
세상은 너로 하여 네가 되는 걸
거부하는구나
싫어하는구나
소주를 병 반 마실 때마다
빈 병을 차고 오르는 찬 병
어디론가 실려가는 주정의 길이 끝나는 무렵
아무도 없는 곳에서 말을 벗는 몸들
하체가 보이지 않는다
움직여야 할 텐데 하체가 없어졌다
회부연 가로등 사이사이로 홀로 솟은 상체
팔보채(같은)!

돼지 오줌통, 夭折
— 2002년 월드컵도 돼지 膀胱과 함께 오다

　　문화 인류학 사전에 보면 전세계에 분포한 모든 민족들 중 돼지를 고기로 먹는 족속들의 대다수는 돼지 내장 중 마지막 것인 오줌통을 먹으려다 그 도저한 지린내에 질려 먹기를 포기했다는 것이 정설인데, 그렇다고 인간이 누군가, 그걸 그냥 버리기는 아깝고 뭐에 쓸 일이 없을까, 잔머리를 잔뜩 굴려 탄생한 것이 지린내 나는 오줌통에 바람을 불어넣어 탱탱해진 돼지 방광을 차고 놀았다고 하는 것이 돼지 육식족 문화인들의 오락이며 체육이었던바, 그것이 오늘날 월드컵까지 이어졌다는 거는 아는 돼지족들은 다 아는 사실, 그 돼지 膀胱이 오늘은 모두 둥근 공 속에 들어가 세상과 함께 구르고, 굴리고 걷어차고 걷어차이며, 내 방광 내놔라 —, 돼지들은 지구와 같은 둥근 공 속에서 자기들이 지구를 쉼 없이 굴리고 있다고 착각들을 하고 있는 거라……,

　　돼지들은 킬킬거리지 않는데,
　　인간들은 돼지가 지금도 킬킬거리고 있다고
　　이야기를 지어낸다

오늘도 말없이 흔들리고

그대는 안주만 먹으라 나는
술만 마시리라 얼굴에 쥐똥이 그득한
그 몰골로 술은 곤란해, 더 이상
장바닥에 간을 흔들어 혹사시키지 말고
우리가 날로 만나고
달로 만나고 헤어질 때마다
그 흔한 인사말, 잘 가라던 말 한마디 없이
시궁창에 코를 박을 때까지 취하고
취하여 인사불성이 되어 욕지거리로
인사를 나누던 날과 달들이
문 앞에서 우리를 기다리고 있다
까짓 것 오라면 못 갈 것도 없지만
아직은 때가 아니다
어설픈 후회 속에 빠뜨린 덧없는 시간들, 흔들리는
기름 냄새 나는 밤 공기 속의 가로등
그대는 안주만 먹으라 나는 술만 마시리라
때가 좋아야 뜻도 쓸모가 있는 것
엉망으로 흔들려도 아직은
때가 아냐, 비슷한 욕망도
취해야 살아나는 정신 그러나

쥐똥의 얼굴로 마주 봐야
어디 말이 통하겠느냐
뜻이 통하겠느냐
더 이상, 그대는 말하지 말라
안주가 남아 술을 더 시키고
술이 남아 안주를 또 집어드는 오늘이
내일 아니겠느냐

1979년 4월 18일

날이 흐렸다 비가 오거나 아니면 때늦은 눈이 올 것 같기도
했다 한 떼의 장정들이 예비군 복장으로 버스를 타고 어디론가
흩어져 갔다 교정은 텅 비었고 운동장 가장자리에 붙은 두 동의
교사는 한낮의 어둠 속에 웅크리고 있었다 이제 새로
고 3이 된 학생들은 대학 입시 준비로 제가끔 침묵 한 덩어리씩들을
만들어가고, 교정 밖 여편네들은 궂은 날에 어울리지 않는 발랄한
옷차림으로 어딘가로 쑤알라쑤알라대며 사라져버린다
바람은 부는 것 같으면서도 꼭대기의 나무들은 미동도 않고 어젯밤
개나 고양이들이 물어다 놓은 생선 토막들이 지붕 위에서 썩는지
스멀스멀 역한 냄새를 피우기도 했다 도무지 나이를 알아먹기
힘든 사나이들이 낮게 구름이 깔린 하늘 아래를 넘어 철둑길

넘어 벌판을 넘어 아지랑이처럼 스며들어갔고 부모들
이 모두

일 나간 집에 남은 아이들이 노느라고 소란을 떠는 소
리가 가끔씩

들려왔고 또한 가끔씩 창문들이 가만가만 흔들리기도
하였다

잠이 올 것 같기도 하고, 어쩌면 오줌이 마려운 건지
도 모른다고

생각했다 아직 봄이라고 하기에는 겨울 같았고 겨울
이라고 하기

에는 도무지 달력이 마음에 안 들었지만 그냥 그런대
로 지낼 수밖에

개천 가장자리의 얼음을 녹이는 구정물 소리가 산골
냇물처럼

상쾌하게 들려왔고 한 떼의 군인들이 아직 오지 않는
봄을 찾으러

산으로 산으로 더욱 깊숙한 산으로 침투해 들어가는
것이 보이기도 했다

노래가 들리지 않았다

노래 같은 건 모두들 잊어버리고 사는 것 같았다

다시, 대학로에 서서

전에는 안 그랬다 도대체가 전과 지금이
너무 다르다. 멀다 아무렇게 주워 입고 대본 하나 달
랑 들고
가던 연습장이 요즘은 옷도 남의 눈치를 살피고
달랑 들려오던 대본도 가방 하나로 늘어
뜬 세월만큼 잔소리도 많아지고 대꾸할 변명도
늘어나고, 전에는 안 그랬는데
자꾸 무거워지는 속도를 견딜 수가 없어
어디쯤 가면, 쫓아가면 시간이 나를 제대로
기억할 수나 있을는지, 나를 나라고 제대로
바라볼 수나 있을는지, 그런 거리가 자꾸
속도를 잃어버린다

간은 간대로 술집으로 떨려나가고
염통은 염통대로 술집 가는 길목으로 먼저 달려가고
위장은 위장대로 적당히 몸을 숨기지만 경련에 노출
되고
신장은 또 얼마나 제자리를 향하여 온몸 날려
고된 냄새를 풍겼던가, 하여튼
무엇 하나 전 같지 않고

온몸이 흩어지는 속도를 감당할 수 없는 지금은
말을 해도 조용히 하고
떠들 때도 조용하기만 해
모든 게 정지된 줄로만 알고 지그시 눈을 감았지
전에는 안 그랬지
전에는 주정을 해도 안 그랬었지
전에는, 생각이 없었던 걸로 착각하는 버릇도
요즘 생긴 게 아닌가

대학로에 대학 없어진 지가 오랜데⋯⋯⋯⋯

확실히 연극이 빨라졌어 인생은 그걸 알려고 하지 않아
모든 생각을 속도가 대신하기
시작하고 오장육부가 모두 해체되어 눈 하나로
모이는 중!

지피족들
─국서와 주봉이에게

기(奇)씨 성을 가진 형젠데
형은 연출가고 동생은 배우다
아주 작은 사람들이다
형제는 극장에서 잠도 자고
지하철역 한쪽 구석에서 연극을 하기도 한다
큰 것을 그리워하는 형은
대학로의 은행나무에 걸린 연이 되었고
긴 것을 좋아하는 동생은
문예회관 지하 소극장의 지피가 되었다
지하로 지하로
그래, 그렇게 땅속으로 자꾸 처소를 옮기다 보면
거기가 바로 세상이고 지옥이야
돈 천만 원 벌러 지옥까지 간 동생은
억을 억 번쯤 한 거액을 벌어 갖고 지상으로
탈출하다 수문장에게 걸려 모두 빼앗겼다
국서가 동생에게 말했다
너, 앉은뱅이의 소원이 뭔 줄 아냐
─앉은뱅이의 소원은 딱 한 번만이라도
벌떡 일어섰다가 도로 앉는 거야
언젠가, 앉은뱅이의 꿈이라는 지피족들의

피 파는 연극 얘긴데, 그런데
연극이 다 끝났는데도 앉은뱅이가 일어서질
않더라는 거야
일으켜 세우려고 힘을 써보니 그냥
주저앉아버리더래
뭐, 돈이 있나 빽이 있나
그렇다고……

* 기국서, 기주봉 형제는 연극인이다. 1976년도부터 '76단'이라는 극단을
  만들어 이십수 년 동안 연극을 해오고 있다. 76단 20주년 기념 공연으로
  「지피족들」이라는 제목의 연극을 공연한 바 있다.

극장 위의 극장, 극장 밑의 극장

극장은 무차별이다 별이 내려오는 달밤의 길은
무차별이다 그 속의 탐스러운 욕심은
무차별이다 찬란한 합창의 무차별이다
바람이 불면 밤길의 별들은 하나씩 하나씩 산등성이
골짜기 나무들에게로 가서 생명이 되고
한숨이 되고 새벽 찬 이슬을 맞으며 하늘로 올라가
차별 없는, 무차별을 읊조린다
극장은 극장 아래
객석은 객석 아래, 또 풍만한 말의 씨들이 잠드는 젖
가슴 속
오랜 시간의 말라붙음

대학로에 대학 없어진 지가 오랜데……,

하여간, 차별 없는
하늘 아래
극장 아래
극장 밑에
알고 보면, 귀신들이 하나씩은 죄 틀어잡고
움켜쥐고, 이름을 어둡게 한다

깜깜하게 식은 별빛 아래에, 하여간
방법이란……

대학로를 떠나며

어디를 가느냐고 물었다
화장실 간다고 대답했다
배우는 돌아오지 않는다
연극을 기다리던 관객은 하나둘
극장을 떠나기 시작했다
어디를 가느냐고 물었다
화장실 간다고 대답했다
관객은 돌아오지 않는다

대학로에 대학 없어진 지가 오랜데……

한평생의 일이 기다리는 서러움
또는, 추억이라고

카페 엘리자베스 사랑방
── 개화된 仁川의 불빛

카페 엘리자베스에 가면은
가장 넓은 벽 한가운데에
엘리자베스 여왕이 못에 걸려 있다
그 아래, 한참
아래 침침한 탁자들과 의자들 사이에
황인종 수십 쌍 무리 지어 또는 끼리끼리
세계에서 퍼다 버린 땟국물 차를
검은 잔에 담아 홀짝거리며
마시기도 하고 잔에 담긴 땟국물
오물로 가득 찬 바다를 내려다보기도 한다
깃발이, 만국의 깃발이 펄럭이고
횡행하던 군화 발자국 소리
여운을 남기고, 음악이 사라지는가 싶더니
코리아의 회색 하늘 아래, 그 아래
침침한 植民의 발굽 아래
십자가를 높이 든 검은 손 아래
황금의 발자국 밑에, 사랑과 평화를 전하던
종소리 짓밟히고
카페 엘리자베스에 가면은 못 박힌 황인종의
웃음 소리 땟국물 속에 머리를 처박고

설악산

상계 쪽 차를 타고 보니 갈 길이 막막해진다 도로 내려
그러나 그것도 용이하지 않아 탄 김에 혜화역에서 내려
모처럼 대학로 거리로 들어선다 빽빽한 은행나무 사
이에
森森하게 심겨진 늙은 아이들을 헤집고 문화회관 앞
길을
지나 마등령으로 오른다

서쪽에 걸려 있던 해도 어느샌가 꼬리를 감추고 고개
이쪽
저쪽이 어둠 속에 잠기는 것을 보면은 방통대 옆길로
해서
한계령을 지나 속초 대포의 불빛들을 바라보면서 아
득하게
귓속을 지나가는 전동차 소리를 듣는다 산은 첩첩 길
은 꼬불
꼬불 심사는 비틀비틀 눈비 맞으며 集魚燈이 화려한
쇼윈도
앞을 박차고 비켜라 길 비켜라 완전히 어둠에 덮인
밀림을 빤쓰도 안 입고 달리고 달리어 이십세기가 끝

나는
　침침한 불 앞에 선다 커피 한잔 주라!

관념적이라는 말, 그 발

개가 쥐를 먹었다

꼬리 잘린 쥐가 비실비실
구멍을 찾아가다
개에게 걸렸다
뭉텅, 몸뚱이가 개 입으로 들어가고
잘린 꼬리 부분은
개가 쥐를 먹는 그 과정에서
생략되었다

개는 쥐처럼 비실비실거리기 시작하였고
어딘가 제가 찾아갈 구멍을 향해
어슬렁거리다가 수돗가를 지나
고추밭 앞에서 주저앉아버린다

쥐는 개에게 먹혔고
개는 쥐에게 먹혔다, 또
슬픈 공중에는 허위의 눈물들이
허우적거리기 말싸움을
시작하려는지 찌뿌둥하니 벌레

씹은 얼굴로 변소 지붕까지
하늘은 내려와 앉고

아, 하얀 고추 한 개만 먹어봤으면!

돼지 還生

　　모처럼 술 한잔 않고 맑은 정신으로 귀가하는데 삼개
최대포집 앞에 연탄 화덕을 내놓고 자글바글 돼지고기
를 굽던 취객들이 반은 알은체 반은 농지거리 시비를 걸
어온다

　어이, 거기, 당신 말야
　당신 사람 맞아
　똑바로 서서 걸어가지 말아
　나 화나,
　나 취한단 말야,
　당신 자꾸 똑바로 서서 걸을래?
　당신 돼지 맞아
　그렇담 너 죽어
　이 삼겹살처럼 화덕에 구워버려
　옆으로, 비뚜로, 그렇지 게 걸음으로
　어때, 세상이 똑바로 뵈지⋯⋯?
　醉漢들 노여움 들어
　세상이 망가지지

　모처럼 정신 차리고 정신 잃지 않으려고 참아온 모진

96

결심 돼지구이 앞에서 무자비하게 허물어진다 내 몸무
게 칠십 킬로그램 내가 평생 구운 삼겹살 볼기살 목등심
1톤도 더 될걸!

　내 고기를 돼지고기로 바꿔치기하며 살아온 한평생,
한 生涯의 業이, 빛나는 인간으로의 還生이었구나 저 돼
지 같은 인간 같은, 노여움 속의 꿀꿀거림

　그랬구나

　너, 지금 어디 있는지……?

불완전 의태로서 살기

정과리

그는 말하는 곳에서 생각하지 않고, 생각하는 곳에서 말하지 않는다. 이 비슷한 말이 있었다. "나는 생각하는 곳에서 존재하지 않고 존재하는 곳에서 생각하지 않는다." 그러나 우리의 진술은 무의식적 주체의 보편적 존재 양식을 가리키는 것이 아니다. 오직 이영유의 시만의 것, 그것의 특수한 운동 양태에만 그것은 관여한다. 우선, 첫 시를 보자.

　　하늘은 맑고 빨래는 깨끗했다

　　격에 맞게
　　서두르지 않고
　　눈치 보지 않고
　　모나지 않았으며

지붕은 고요해……,

창문은 생각들로 늘 어지러워

불을 켜자
어둠으로부터 한 생각쯤 뒤로 물러나
예사롭지 않은 소리
들린다
같이 있는 모든 것들 실은
언제나 저 혼자

웃음 소리 크고 작게
밤바람으로 휘몰려 다녀
어디선가 또 비명
울음 음울 울음

어느 세상 한 귀퉁이 다시 무너져 내리는가?

지붕은 늘 그대로
모양도 늘 그대로
생각은 살아온 길만 추억하고

땅은 조금 조금씩
늙어간다
　　　　　　──「하늘은 높고 땅은 조금씩 늙어간다」 전문

제2연까지 묘사가 순조롭다. 단정한 2음보격이 되풀이되며 '-하게, -고, -고, -며, -하다[해]'의 순행적 이음이 시구를 잔잔한 개울처럼 흐르게 한다. 단행으로 이루어진 제3연도 그렇게 읽을 수 있을 것 같다. 같다? 그러나 그렇게 읽지 못한다. "늘" 때문이다. 이 행은 어휘들의 의미론적 독립성이 강해서 2음보로 읽기가 곤란하다. "창문은|생각들로|늘|어지러워" 즉, 4음보로 읽는 게 무난한데, 그러나 이 4음보를 간단히 2음보의 연첩이라고 말할 수가 없다. "늘" 때문이다. '늘'은 그 의미의 무한성 때문에, 의미가 소리에 침범해서, 소리 또한 무한정 늘어난다. 물론 실제로 읽어보면 늘어난 길이가 아마도 다른 어휘들의 음량과 비슷할 것이다. 따라서 음보의 '시간적 등장성'의 원리에 잘 들어맞아 4음보의 규칙적 율격을 이루는 듯이 얼핏 여겨질 수 있다. 그러나 '늘'의 의미론적 자장은 단순히 길이에만 영향을 끼치는 것이 아니다. 그 의미의 무한성은 길이를 끊고 소리를 끊는다. 마치 지평선의 소실점이 거리의 상실을 야기하듯이 말이다. '늘'은 불현듯 단절을 개입시킨다. 그 단절은 음보들 사이의 딱딱하거나 무르거나 연결을 전제로 한 휴지들과는 달리 소리의 심연 속으로 빠져 들게 하는 단절이다.

그 '늘'의 원인으로 "생각들"이 제시되어 있다. 그리고 그 결과는 어지러움이다. '늘'이 야기한 단절 때문에 읽는 자가 몸을 돌이키면 앞 연들에는 평정함과 고요한 풍경이 있다. 생각의 자리는 혼란하고 묘사의 자리는 청명하다. 왜 그럴까? 그 이유를 알아내기 전에 시의 주체는 충동적으로 '불을 켠'다. 마치 저 청명한 풍경을 서둘러 이곳에도

가져오려는 듯하다. 그것은 또한 생각의 소용돌이로부터 한 발짝 "뒤로 물러"나는 일이기도 하다. 뒤로 물러서자 무엇이 보이는가? 불을 켜는 행위가 풍경을 도입하려는 행위, 즉 풍경의 시늉이라면 이 시늉은 목표를 달성하지 못한다. 그 목표에 다다르기 전에 그만 주체는 "예사롭지 않은 소리"를 듣고 말았기 때문이다. 그 소리는 두 행 건너 다음 연에 묘사되어 있는데, "웃음 소리" "비명" "울음"의 소리들이다. 이 청취와 묘사 사이에 기이하게 박혀 있는 잠언 같은 것: "같이 있는 모든 것들 실은/언제나 저 혼자"는 무엇인가? 이 의심스런 구절과 더불어 "울음 음울 울음"이라는, 마치 일그러진 웃음 같은 말장난이 이 소리에 대한 주체의 반응이다.

그러니까 이 시에 세 개의 세계가 있다. 한 세계는 청명하고 또 한 세계는 어지럽고 마지막 세계는 시끄럽다. 첫번째 세계가 풍경처럼 묘사된다면, 두번째 세계에선 생각의 혼돈이 그대로 진술되고, 세번째 세계에서는 어떤 알 수 없는 사건들이 암시된다. 그것을 기술하는 언어의 측면에서는, 첫번째 세계를 묘사하는 언어가 '투명한 말'이라면, 두번째 세계에서 언어는 단절되고, 세번째 세계에서 언어는 비틀린다(잡음이 된다). 이 세 개의 세계는, 그런데, 두번째 세계의 단절에 의해서 첫번째 세계와 세번째 세계가 영원히 어긋나버렸음을 나타내는 세계이다. 이 단절에 의해서 하나의 세계는 평온을 유지한 채로 "조금 조금씩 늙어가"고, 다른 한 세계는 "한 귀퉁이 다시 무너져 내"린다.

이 세 개의 세계에서 화자는, 혹은 화자의 몸은 첫번째 세계에 속해 있다. 그의 정신 기관은 두번째 세계에 속하며, 세번째 세계에는 그의 감각 기관이 속해 있다. 그런데 정신 기관의 무기력 혹은 무능력에 의해 첫번째 세계와 세번째 세계의 단절은 해소 불가능한 것이 된다. 그 단절의 절대성에 의해서 첫번째 세계의 '나'는

> 지붕은 늘 그대로
> 모양도 늘 그대로
> 생각은 살아온 길만 추억하고

산다. 그러면서 "조금 조금씩/늙어간다."

정신 기관의 무기력에 의한 몸과 감각 기관의 분리. 이것이 이영유 시의 첫번째 표지이다. 한데 이것은 이상한 진술이다. 원래 몸이 감각 기관 아닌가? 몸이 아니면 어디 감각의 더듬이가 뿌리내릴 곳이 있단 말인가? 그러나 이영유에게는 이것이 진실이다. 보라, "기본적으로 웃음이란/김새는 소리/(이다)"(「生生」)라고 그는 말하고 있지 아니한가? 웃음은 육체의 기쁨이고 정신의 해방이 아니다. 그것은 감각의 폭발이 아니라 그것의 불발이다. 그것은 감각의 성취가 아니라 실패이며, 충만이 아니라 그것의 결핍이다.

그렇다면 감각 기관의 장소는 어디일까? "어디선가 또 비명/울음 음울 울음//어느 세상 한 귀퉁이 다시 무너져내리는가?"에 지시된 것('어디선가')처럼 그 장소는 미지의 상태로 있다. 단, 독자는 그 어딘가의 장소에 울음 가득하고 격렬한 사건이 있다는(혹은 있었다는) 것만을 짐작할 수 있다. 흥미로운 것은 화자가 그 격렬한 사건의 장소에 대

한 질문을 더 이상 이어가지 않고 등을 돌려 몸이 놓인 장소로 돌아온다는 것이다. '나'는 문득 들리는 비명 소리에 "어느 세상 한 귀퉁이 다시 무너져내리는가?"라고 무심히 질문을 던지고는 곧바로 '늘 그대로'인 지붕, '살아온 길'로 눈길을 돌린다. 그러나 그렇게 돌아온다 해서 무사할 수 있을까? 다시 말해 '나'는 첫 두 연에서 묘사된 평정의 상태로 무사히 복귀할 수 있을까? 다음 시를 보자.

> 장어를 뒤집자 어둠이 온다
> 그걸, 마구 씹으며 까맣게 구우며
> 논길 들길 늪지를 건너 구름을
> 몰아온다
> 온 다음에는 또
> 간다 그러면
> 생긴 대로 깊고
> 기다란 밤길은 그냥
> 천하
> 長江이 된다
> 어리숙한 뱃노래에 실려가는 장어의
> 下流行
>
> 이와 같다 ──「長魚」 전문

이 시구는 앞에서 독자가 추출한 세 개의 세계를 다시 되풀이하고 있다. 몸의 세계, 사유의 세계, 그리고 감각의 세계. 몸의 세계를 뒤집으면 바로 감각의 세계이고, 그 감각의 세계는 '어둠'이다. 그런데 이번에는 화자는 다시 몸의 세계로 귀환하지 않는다. 그 동작이 없는 대신 '어둠'이 현장으로 짓쳐들어오는 양태가 묘사된다. 어둠은 장어를 "마구 씹으며 까맣게 구우며/논길 들길 늪지를 건너 구름을/몰아온다." 여기에서 '논길 들길 늪지'는 사실을 가리키는 기호가 아니다. 그 어사들을 통해 시는 단지 점령의 일방성과 광포성을 전달할 뿐이다. 갑자기 무시무시한 사건이 현실 속으로 난입하고 있는 것이다. 앞에서는 그저 소리로만 암시되었던 그것이. 이 광포한 어둠이 도대체 무엇인가? 만일 여기서 독자가 화자의 어떤 끔찍한 기억에 대한 회상을 읽는다면, 읽는 맛이 그리 강하지 않을 것이다. 장어를 뒤적이면서 새까맣게 탄 장어의 등껍질을 보며 문득 가슴 깊이 묻어두었던 기억을 떠올린다? 그럴 수도 있을 것이다. 그러나 그에 대한 단서는 시에 실낱만큼도 없다. 그리고 이 시는 '나'에 대한 시가 아니다. 직접적으로 드러난 바로는, 이것은 무엇보다도 장어의 운명에 관한 시이다. "어리숙한 뱃노래에 실려가는 長魚의/下流行"을 노래한 시이다.

그러니 고상하게 읽을 게 아니라, 좀더 감각적으로 읽어보자. 장어를 뒤집자 어둠이 왔다. 이 어둠이 무엇인가? 다시 보니, 그 어둠은 '씹으며' '까맣게 구우며' 온다. 바로 그 어둠은 장어를 먹는 입이고 손이었던 것이다. 게다가 굽는 행위에는 '까맣게'라는 한정어가 붙었지만 씹는 행위에는 그것이 붙지 않았다. 왜? 씹는 존재가 그 자체로서 '까망'을 가진 존재, 즉 어둠을 가진 존재, 아니 어둠의 존재이기 때문일 것이다. 그런데 바로 입 구멍이 바로 그 어둠 아닌가? 우리는 통상 '어두컴컴한 목구멍'이라고 쓰지 않는가? 저 어둠은 바로 먹는 입이었던 것이다. 장어를 먹는 '나'의 입. 나의 몸.

그렇게 읽으면 이어지는 행들을 쉽게 이해할 수 있다. "온 다음에는 또//간다." 이것은 아주 빨리 되풀이되는 먹는 행위의 일련의 동작들을 그대로 가리키고 있다. 아마 먹는 사람은 무척 배가 고프거나 장어를 자주 사 먹을 형편이 안 되는 가난한 사람일 것이다. 장어를 보자 그는 허겁지겁 입에 넣고 씹고 장어를 갈고 뒤집고 씹고 또 간다. '간다'는 '오고 가다'의 그것이기도 하지만, '갈아치우다'의 뜻이기도 하다. 그렇게 정신없이 먹는 사이에 어느덧 밤은 깊어간다. "그러면/생긴 대로 깊고/기다란 밤길은 그냥/천하/長江이 된다." 그런데 왜 '기다란 밤길'이 '천하 長江'이 될까? 왜냐하면 장어가 있는 곳에 술이 있고 술을 마시다 보면 요의(尿意)가 찾아오게 마련이고, 술을 원 없이 먹었으니 그 용변이 가히 장강을 이룰 만큼 걸질 것이기 때문이다. 아마도 장어를 먹은 사람은 소변을 보면서, 취한 김에 세상이 모두 내 것인 듯 포만한 감정에 젖었을 것이고(그래서 "천하"가 독립된 행이 되었다), 그 기분에 취해 노래를 흥얼거렸을 것이다. "두만강 푸른 물에 ——" 흥얼흥얼. 그 노래와 함께 뻗어나가는 오줌 줄기를 통해 뱃속에서 소화되고 남은 술과 장어의 찌꺼기가 빠져나갔을 것이다. 그것이 장어의 '下流行'이다.

이 시는 그러나 어느 허름한 뒷골목 술집 풍경의 재미난 묘사만으로 그치지 않는다. 마지막 행, "이와 같다" 때문에 독자는 그렇게만 읽을 수가 없다. 가만히 들여다보다가 빙

그레 웃다 말고 독자는 심각해진다. 문득 돌맹이 하나가
옆으로 구르듯 튀어나온 저 마지막 소리 때문에 다시 시를
들여다본 독자는 이 시가 장어의 운명을 묘사한 것이 아니
라 그 장어를 먹는 '나' 자신을 들여다보고 있는 것이 아닌
가, 하는 의혹을 품는다. 저 장어의 운명은 혹시, 장어 먹
듯이 허겁지겁 살다가 어느덧 인생의 황혼기에 이르러 뒤
돌아보니 끊임없이 저작당하며 산 끝에 그저 남이 소화하
고 싸놓은 찌꺼기로 남아 있는 '나'의 운명의 투영이 아닐
까? 왜냐하면 분주함의 자동 반복은 그 자체로서 권태의
긴 사슬을 이루기 마련이기 때문이다. 그렇다면 장어를 먹
으며 내가 느꼈던 포만한 느낌은 추레하고 왜소한 자신의
생에 대한 조롱에 불과한 것이 아닐까?
　　과연, 다음 시, 「오향장육」에서도 대상의 묘사는 슬그머
니 주체의 자기 관조로 변신한다.

　　냄새가 없다
　　무어를 탐할 수 있을까 눈에
　　들어오는 대로 먹어치운다
　　악어와 같은, 악어의 주둥이를 늘어뜨리고 막연하게
　　똥을 눈다
　　저 눈부신 족발의 상승!

　　기린 대가리를 늘이고 늘려 기차를 만들어
　　서늘해지는 大陸의 끝 부근에 강제 착륙, 참으로
　　오랜만의 긴 휴식이 내 生業의 끝에 대롱대롱 매달려
　　長江大河를 넘나드는

폐업한

劍客의 칼끝에 어려 있다

저 산등성이를 소리 없이 넘나드는 누렁 돼지들을 보라

그들의 소대가리 국밥 같은

오래된 냄새를 들어라   —「오향장육」전문

　이 시도 탐식에 대한 묘사로 시작한다. '나'는 중국집에서 오향장육을 먹었다. 그런데 무늬만 오향장육인 볼품없는 요리가 나왔다. 그것이 "냄새가 없다"는 한마디로 지시되었다. 그러나 '나'는 그걸 탓할 처지가 아니다. 그는 정신없이 먹고 본다. '악어'처럼. 마구 집어삼키고 혀를 길게 빼어 문 다음에 생리까지 해결하고 나서, 비로소 자신이 먹은 게 오향장육이라는 이름을 단 족발에 불과했다는 생각을 하게 된다. 그러나 음식의 효과는 어떤 고급 요리 못지않았던 것이다.

　한편 '족발'은 또한 먹는 행위가 무언가를 그 본체로부터 뜯어내는 행위라는 것을 암시하고 있다. 족발 뜯듯이 이로 질긴 고기를 악물고 뭔가 인생을 '절단'낼 듯한 표정으로 길게 뜯었던 것이다. 그 모양이 뜯는 자의 신체로 투영되어 나온 게 '악어'의 비유이다. 그 비슷이, '기린 대가리' '기차'도 사실적 지시체 없이 동작의 유사성에 근거해 도출된 심상이다. 기린 대가리는 순수한 비유에 해당하지만(그래서 또한 생경하기도 한데), 기차는 비유이길 넘어 마음의 상태에 가벼운 진동을 가하는 힘을 가지고 있다. 기차는 '내릴 곳'을 암시하고 있기 때문이다. 그것은 곧바로

주체의 먹기 행위의 결과로 이어진다.

> 서늘해지는 大陸의 끝 부근에 강제 착륙, 참으로
> 오랜만의 긴 휴식이 내 生業의 끝에 대롱대롱 매달려
> 長江大河를 넘나드는
> 폐업한
> 劍客의 칼끝에 어려 있다

먹기의 결과는 오랜만의 휴식이다. 이것은 상투적이다. 그러나 '강제 착륙'은 그 상투적인 휴식에 야릇한 긴장을 부여한다. 그것은 이 휴식조차도, 아니 휴식의 작업인 먹기조차도 생존을 위한 나날의 '노동'의 연장선상에 있는 것이 아닐까, 하는 의심이 들게 한다. 과연 그 휴식은 "生業의 끝에 대롱대롱 매달려" 있는 것이다. 게다가 독자의 의심은 이어서 왜 휴식이 노동의 연장인가를 질문케 한다. 그것은 노동이 결국은 노동의 소진으로 귀결하고 만다는 것을 암시하는 것은 아닐까? '생업'은 '폐업'이 되고 마는 것은 아닐까? 시구에 진술되어 있는 그대로이다.

그 폐업의 상태에 와서도 생업의 아슬아슬함, 비장함, '절박함'은 여전히 흔적을 남긴다. 그것이 '검객'이라는 과장된 비유로 지시되었다. 과장이긴 하지만 진실성이 없는 것은 아니다. 우리는 언제나 매순간 인생을 단 한 번의 수로 결판낼 듯이 살고 있지 않은가? 희망이 없는 사람들일수록, 복권에 매달리듯이.

하지만 이 비유의 맛은 그 자체에 있다기보다는 다른 항목들과 이루는 이중의 긴장 관계에 있다. 우선 이 "劍客의

칼끝"은 다른 두 '끝'과 조응한다. "大陸의 끝" "生業의 끝"이 그것들이다. '대륙의 끝'과 그것은 팽팽한 대결 관계를 이룬다. 그러나 그 사이에 '생업의 끝'이 들어감으로써 거기에는 어느덧 제대로 싸워보지도 못하고 패배한 자의 우수가 깃든다. '대륙의 끝'과 '검객의 칼끝' 사이에는 세계와 주체의 대결이 있지만, '대륙의 끝'이 '생업의 끝'으로 이어지면 대륙은 이미 피곤에 전 주체의 모습과 동의어가 된다. 그리고 그것이 '폐업한 검객'으로 '결판'나는 것이다.

또 하나의 긴장 관계는 "長江大河를 넘나드는/폐업한/劍客"과 마지막 연의 "저 산등성이를 소리 없이 넘나드는 누렁 돼지들" 사이에서 발생한다. 두 시구를 한순간 묶었다가 곧바로 갈라놓는 것은 '넘나드는'이라는 어사이다. 검객도 대하를 넘나들고, 돼지들도 산등성이를 넘나든다. 자연스럽게 연상될 수 있는 그림들이다. 그렇다면 저 검객은 실은 누렁 돼지들 아닌가?

왜 아니겠는가? 독자는 이미 앞의 긴장 관계 속에서 세상과의 대결 의지로 충만한 자의 모양이 실은 이미 패배한 자, 세상에 지치고 포박당한 자의 모습으로 돌변한 것을 보았다. 저 검객은 '누렁 돼지'에 불과했던 것이다. 그리고 '누렁 돼지'는 바로 "소대가리 국밥 같은/오래된 냄새"를 풍기는 존재, 즉 먹힐 운명을 사는 자를 가리킨다. 또한 그리고 그것은 첫 연으로 연결되어 그 표상을 완성한다. 첫 연에서 주체는 먹는 자였다. 그러나 실은 먹히는 자였던 것이다. 먹는 자의 먹이에 오향장육과 족발 사이의 어긋남이 있듯이, 먹히는 자의 운명에도 '돼지'와 '소대가리 국밥'의 어긋남이 있다. 독자는 우리가 흔히 먹는 '소대가리 국밥'이 실은 '돼지대가리 국밥'인지 아닌지 잘 모른다. 그러나 어쨌든 포식의 광경이 속임수를 내포하고 있듯이, 삶에 지친 자의 운명에도 어떤 속임수가 있다는 것만은 짐작할 수가 있다.

세 편의 시는 몸과 감각 기관의 분리가 이영유 시의 핵심 골조임을 보여준다. 첫번째 시,「하늘은 높고 땅은 조금씩 늙어간다」에서 그 분리는 공간학적 분리이다. 느낌은 어둠 속에 있고 몸은 밝음 속에 있는데, 몸은 서서히 늙어간다. 즉 서서히 어둠으로 분해되어간다. 이 분리에서 빗장 역할을 하고 있는 것은 '생각'이다. 생각이 주체를 '말로 표현되지 못할' 끔직한 감각의 세계로부터 몸을 구출해 일상 속으로 귀환시킨다. 두번째 시,「長魚」에서의 분리는 형태-위상학적 분리이다. '뒤집자'라는 어사에 압축되어 있는 그 분리는 표리의 상반으로 나타난다. 그러나 이 상반은 동전의 양면처럼 전혀 엉뚱한 두 양상의 대립 관계를 이루는 것이 아니라 각 면이 다른 면의 잔영을 비추고 있는, 마치 하나의 액체에서 양편으로 이질적인 막이 굳어져 형성된 형상을 이루고 있다. 이 양면의 관계의 특징은 주체의 위상의 뒤바뀜이다. 실컷 먹다 보니, 자신의 생이 그렇게 먹히고 있었다는 것. 그러한 위상 전도는 무의식적으로 표현되는데, 그것을 의식의 표면으로 낚아채는 것은, 역시 '생각'이다. 마지막 행, "이와 같다"가 가리키는 판단적 진술이 그것이다. 세 번째 시,「오향장육」에서의 분리도 일차적으로는 형태-위상학적 분리이다. 그러나 그 분리 위에서 전개되는 것은 운동학적 분리라고 말할 수 있는 것이다. 「長魚」의 표리 관계가 무의식적으로 표출되다가 순간적인 각성으로 이어진다면, 「오향장육」에서의 그것은 의식적이며, 그 의식은 과장된 표현과 행동을 낳는다. 과장은 의도의 의식적 과잉을 뜻하며, 따라서 이 시에서도 저 분리에 의미를 부여하는 것은 '생각'임을 알 수 있다. 그리고 그 생각은 행동을 촉발하는 생각으로, "누렁 돼지들을 보라"의 '보라,' "오래된 냄새를 들어라"의 '들어라'의 명령형은 주체가 모종의 행동을 하고 있음을 독자에게 알리고 있다. 그 행동은 그런데, 과장된 만큼이나 은근한 속임수를 포함하고 있다. 즉 오향장육과 족발 사이에 어떤 속임이 있듯이, '누렁 돼지'와 '소대가리 국밥' 사이에도 그 비슷한 행동이 있는 것이다. 그것이 무엇인지 알기 위해서는, '보라'와 '들어라'의 명령형이 무엇을 특별히 지시하고 있는지를 찾아내야 할 것이다.

　이미 보았듯이, '누렁 돼지들'의 동작은 '폐업한 검객'의 비틀린 거울로서 나타난 것이다. 따라서 검객과 누렁 돼지들 사이에 달라진 것이 바로 명령형들이 '특별히 지시하는 동작'일 것이다. '산등성이'가 '장강대하'의 언어유희적 대응어임을 유의한다면, 그 특별한 동작은 "산등성이를 소리 없이 넘나드는"의 '소리 없이,' 그리고 "오래된 냄새를 들어라"의 '오래된'이다. 그것들은 "대롱대롱 매달"린 모습의 선명한(소리로 치자면 요란한) 모습, 그리고 검객의 폐업 상태와 직접 대조되지 않으면서도 은밀히 그 상태에 변용을 가하고 있다. 다시 말해, 아등바등대다가 결국은 삶의 막바지까지 내밀린 듯하지만 실은 여전히 '소리 없이' 세상을 넘나들고 있다는 것이고, 그런 묵묵한 넘나듦의 실

행은 먹이로 먹히는 자의 실존 속에 아주 오래된 냄새로 배어 있다는 것이다.

그렇게 읽으면 몸과 감각의 분리는 '생각'을 통해서 서로를 비추고 슬며시 포개진다. 이와 같은 독법을 우리는 앞의 시들에 대해서도 적용할 수 있다. 「長魚」는 세상에 대한 가벼운 희롱이면서 동시에 자신의 생에 대한 우수이다. 「하늘은 높고 땅은 조금씩 늙어간다」는 감각 세계로부터의 몸의 탈출인 듯하지만 "조금 조금씩/늙어"가는 과정을 통해 몸 자체가 감각 세계의 어둠으로 서서히 변모해간다.

물론 행동의 순서는 「하늘은 높고 땅은 조금씩 늙어간다」에서 「長魚」를 거쳐 「오향장육」으로 나아간다. 끔찍한 비명의 어둠 세계로부터 탈출해서 일상으로 복귀하는 행동이 사실은 어둠 쪽으로 내몰리는 길이라면, 그 길이 돌이킬 수 없는 운명임을 수락하면서, 그 길 자체에 꾸준한 살아냄의 흔적을 새기는 것이다. 따라서 여기에는 무의미를 향한 삶에 대한 특유의 윤리적 태도가 있다. 그 윤리적 태도는 삶의 무의미화에 저항하는 것도 아니고 그로부터 도피하는 것도 아니다. 그것은 미적으로 승화시키는 태도도 아니다. 오히려 이영유 시의 윤리적 태도는 무의미화라는 삶의 운명적 행로가 내모는 바를 따라 살면서 슬며시 거기에 지속적으로 의미화의 운동 에너지를 부여하는 것이다. 세상을 흉내 내어 살되 엇비슷하게만 흉내를 내어, 그것의 무의미를 부각시킨다는 것, 다시 말해 무의미화에 저항한다는 것. 독자는 이러한 태도에 '불완전 의태(擬態)로서 살기'라는 이름을 붙여줘도 좋을 것이다. 왜 불완전인가? 완전하게 살려는 욕망은 완전하게 죽는 지름길이기 때문이다. 그러니 조금 모자라거나 조금 넘치게 흉내 내듯이 사는 것이다. 그 흉내의 삶이 불완전하다고 해서 그저 뒤틀리기만 한 것은 결코 아니다. 그것은 종국의 지점으로부터 아득히 들리는 끔찍한 비명 대신에 남모르게 조용히 웃는 웃음, 다시 말해 시의 맛을 느끼는 자들의 입에서 떠오르는 깔끔한 미소를 주는 것이다. ▨